청춘로맨스.

미울 글 · BV 그림

청춘로맨스

3. 좋아한다는 거겠지

예담

등장인물 소개

오소민(24)

M대 CMD학과
4학년
148cm
7월 24일
O형
부모님, 오빠

유연태(20)

M대 CMD학과
1학년
185cm
7월 31일
O형
부모님, 형, 누나

박율미(23)

M대 CMD학과
3학년
167cm
5월 23일
B형
부모님, 여동생

정욱채(23)

M대 CMD학과
휴학 중
172cm
11월 20일
O형
어머니, 남동생

주혜리(23)

M대 CMD학과
3학년
160cm
3월 14일
O형
부모님

윤화운(26)

M대 CMD학과
4학년
182cm
12월 14일
AB형
부모님, 누나

정교진(37)

M대 디자인학부 교수
174cm
6월 30일
A형
부모님, 누나, 여동생

차례

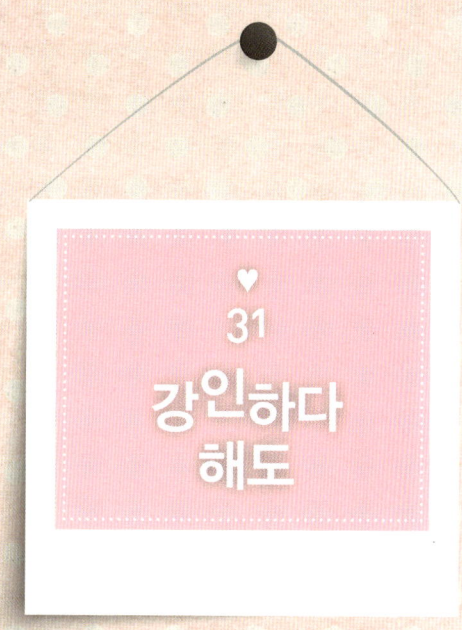

♥
31

강인하다
해도

그러고 나서
방학 중에 계속
연락하고…

알바도 하고…

그렇게 친해졌지.

생각했던 대로,
혜리는 소문과 많이 다른
사람이었다.

싹싹하지 못한 건
말도 못하게 소심해서
그런 거고…

여우 같기는커녕…
곰도 걔보다는 눈치가
빠를 것 같고…

흥.. 추워라

…착한 건 진짜였지.

그래서 복학한 후
같이 조를 꾸렸을 때

나는 혜리의 의견에 최대한
따르자고 마음먹었었다.

다시는 '그런 일'이
반복되지 않았으면 하는
마음이었는데

혜리가 그렇게
자기 실력에 자신이
없을 줄이아…

결국 내 방법도
해결책은 아니었던 거지.

자, 기말 과제 설명은
이 정도로 마치고…

♥

32

지혜롭다
해도

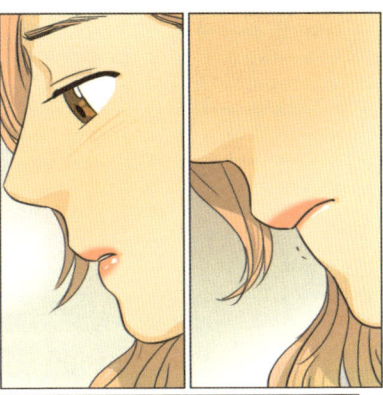

......

일단 앉아라.
목 아프다.

어떻게 할래?

만지작

또 나 때문에…
그럴 수는…

저… 교수님.

과제를…

개인 과제로 할 수는
없을까요?

개인으로?

네. 추가로
대체 리포트라든가…

깔끔하게.

하하하

번호
알려줄래요?

아,

전화
넣을게요?

여기…

기분 안 나빠요?

네?

이런 항의 듣는 거.

......

그렇게 우리는

주혜리…입니다.

잘 부탁드려요.

서로의 휴대전화에

첫 흔적을 남겼다.

율미
언니, 윤화운 선배님은 어떤 분이세요?

화운선배? 왜?

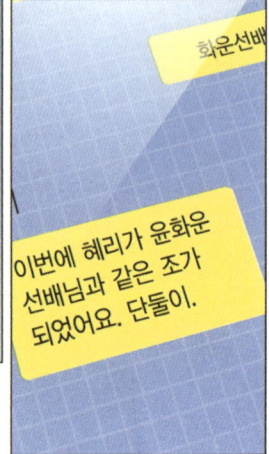

화운선배

이번에 혜리가 윤화운 선배님과 같은 조가 되었어요. 단둘이.

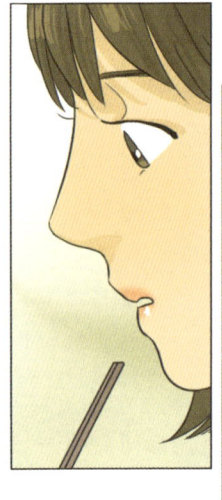

탁

♥

33

내겐 아무 관계 없다는 것을

얘! 나 왔다.

시험 잘 봤냐?

하하...

말도 마.
반도 못 썼다.

…싸움 거냐?

ㅋㅋㅋ

욱

그렇게 공부 좀
하라니까.

아···

아 형 무섭게
왜 그러세요~

......

여튼 너무
걱정 마세요!

그래도 형이랑 하는데
덜 그러겠죠~

......

그리고…

헤리는…
그런 애 아니에요.

단언할 수 있을 정도로
엄청 친한 것도 아니고,

꼼지락

저도 막, 잘 알지는
못하지만…

저런…

그런 애는…

그렇게 생각 안 한다고.

…정말요?

조 과제 같이 하게 된
후배일 뿐이야.

…그래요?

그래.

핫

으아아

죄송해요…
선배가 저런 얘길
듣고 있으니까…

혹시… 진짜라고
생각할까봐…

안 그래.
걱정 마~

34
♥
비밀 아닌
비밀

067

…딱 집어서
표현할 말이 없네.

?

꾱

서글서글하다
싶으면…

꽤 단호하고.

남의 말을
잘 들어주나 싶으면…

은근히 마이웨이고.

되는 대로 사는구나 싶다가도
엄청 계획적이고.

남을 잘
챙겨주는구나 싶으면

웃는 얼굴로
사람을 놀려대.

…이상하네요.

그치?

아마 좀 보다 보면

왜 내가
딱 집을수 있는 말이
없다고 한지 이해될 거야.

선배랑 알게 된 지가
2년인데도 아직도
종잡을 수가 없어.

......

헤리는 아직 몰라?

뭘요?

그때…

축제날에

헤리 현기증
일으켰을 때

헤리 도와줬던 사람이…

화운 선배라는 거.

35

마음을 쓰다

으이이아…

나도 화운 선배한테
말할 타이밍을 놓쳤어…

헤리한테 말할
타이밍을 놓쳤어요…

이래서 인생은
타이밍 이라는
…

이이익

음…

그냥 대놓고 물어볼까?

흐윽-

축제날 혜리 도와준 거
기억하냐고?

저도 그냥
혜리한테 말할까요?

츠윽

여튼 지금은…

좀 더 상황을 보자.

네…

?

너무 걱정은 마.

화운 선배가 좀…
예측하기 어렵고

요상한 건
사실이지만.

혜리에게 나쁜 영향을
끼치지는 않을 거야.

벌써 와 계시네…

?

뭘 보고
계시는 거지…?

아무것도 없는데…?

가웃

음껄

안녕하세요.

♥
36

비교

실제로 만난
그 이니셜의 주인은

…이… 이상한 사람이야…

ㄷㄷㄷ

자료조사 많이 해왔네요.

전 오늘 간단히 주제 정할 줄 알고 그냥 왔는데…

혹시 몰라서요…

다음엔 제가 해올 테니까 그냥 오세요.

아 이거 좋죠.

맞아요.

디테일이 정교하고
전체 색이나 느낌도 좋죠.

이 작가 화집도 몇 개
학교 도서관에 있었던 것 같은데.

그래요?

비공개
자료실에도 꽤 있고.

3층 안쪽요.

네. 3층 자료실에
다른 화집들도 많아요.

끄떡

끄떡

신청하면 대여도
가능해요.

......

......

안녕하세요.

예… 안녕하세요…

…좋지 않은 버릇이
나오기 시작했다.

지난 일을 떨치지 못하고
미리 겁부터 먹는 내가

눈앞의 사람과
자꾸 비교되어서

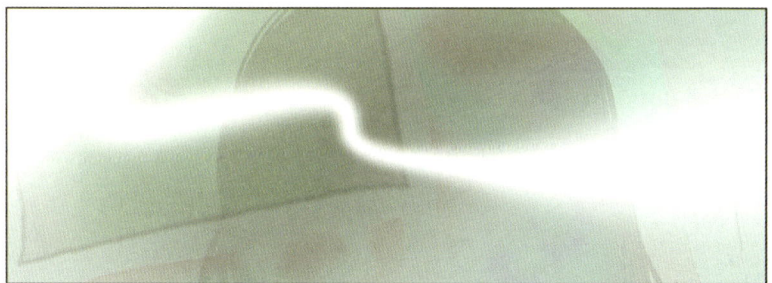

무척 한심했다.

♥

37

겨울 준비

뭐 별일 없었고?

......

응. 없었어.

...방금 성석이
되게 신경 쓰이는데.

진짜야.

아하하

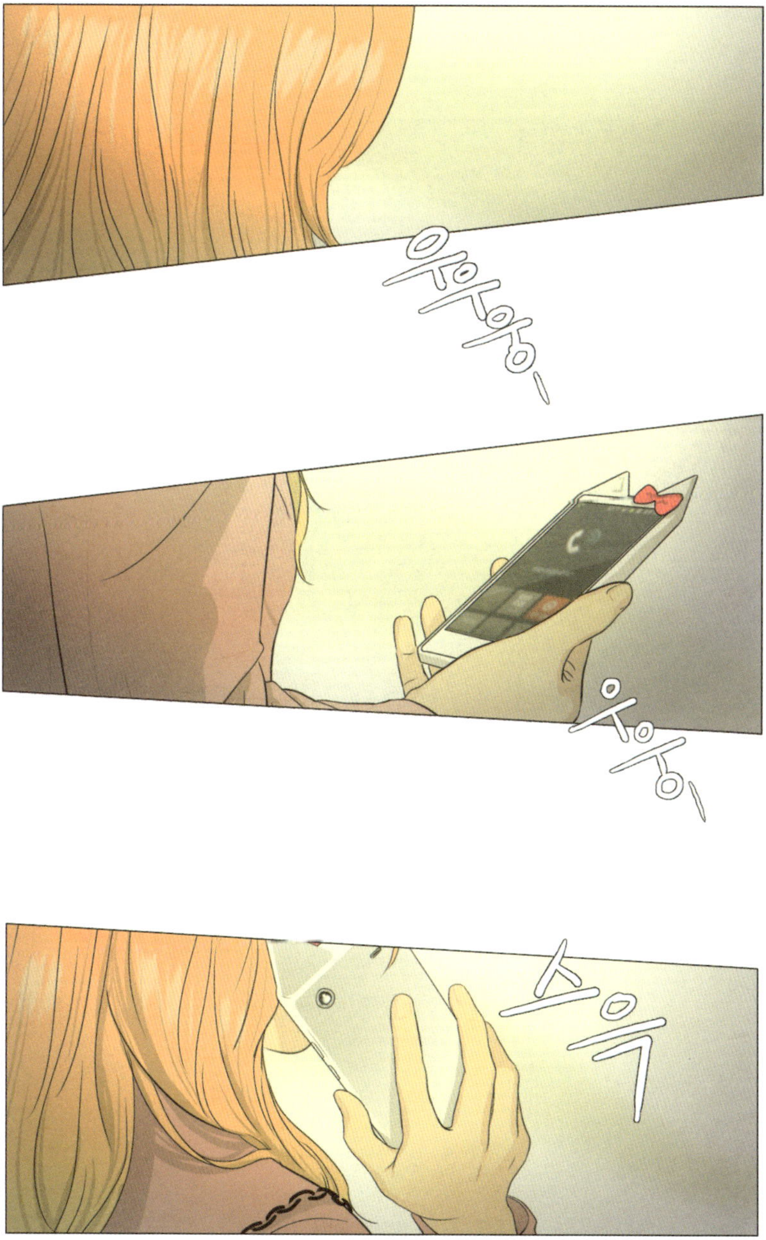

여보세요.

아아으아아아!!!

아 진짜!!!

아프다고!!!!!!!!!

뿌직

으억!!!

히익

이…

컥··
커헉···

꽉

씩씩

임시 휴전.

머 멈췄다

38

담소

…?

그러면…

아 그럼 피자 먹을까.

오늘은 욱채 네가 고생했으니까 너 먹고 싶은 자장면 먹자.

…이 새끼가…?

여기 자장면은 어디가 맛있냐?

응?

음… 잘 안 시켜 먹어서 모르겠는데…

너무 맛있어…!

크흐흑

우리 과기 그렇게
인원수 많은 것도 아닌데.

그나저나
너희 둘은 동기인데

어떻게 이렇게 서로
모를 수가 있냐.

네가 특이한 거지.
오지랖도 넓어서는…

엥. 그런가.

너희는 언제부터
친했던 거야?

오래됐어?

음...

그렇게 오래되진 않았어.
고 1, 2? 때부터.

학교 반은 달랐는데
학원을 같이 다녔어.

끄덕

알고 보니
집도 좀 가깝더라고.

걸어서 10분도
안 걸려.

그치?

끄덕

142

야, 말 좀
하면서 먹으

......

?

143

…낯가리는 거구만?

그렇구나…

소꿉친구…
뭐 그런 거.

난 더 오래된 줄
알았어.

응. 그런 건 아냐.

야, 너야말로
어제 회의 때 얘기
좀 해봐.

아.

응? 회의 때?

진짜 별일
없었던 거 맞아?

별…건 아니긴 한데…

?

그…

5조 사람들하고
카페에서 마주쳤었어.

헐!!!

뻐
럭!!!

?

헐이야 헐!!!

방
방!

으, 응?

145

흐.. 빡쳐

앗.

너희 이렇게
만난 것도 인연이니
폰 번호
교환이라도 해.

인맥이 힘이라잖아.
힘을 길러야지!!!

…진짜 뜬금없다.

아 얼른!

율미 넌 폰에
번호 몇 개 있어?

148

39

어녹다

잘 먹었어.

아니야.

슬리퍼 신고 왔어?
발 안 시려?

별로…

그 흔한 '잘 지내니?'
라는 말도

아냐 엄마…

대답하기도 귀찮니?

넌 애가 어떻게 된 게…

잘 쓸게요…

애가 뭘 사주면
고맙다고 애교를 떨길 해,

엄마한테 살갑게
전화를 하길 해.

'아픈 데는 없니?'라는
말도 없는

……

163

감사합니다.

곧 예전에서
이거 특별전 하던데

거기도 가보겠네?

전시회요?

응.

곧 열리는 것 같던데.
내일모레쯤이었나.

아하.

♥
40

전시회

169

설마 다 같은 전시를 보러 가는 건 아니겠지?

ㅎㄷㄷ

평일인데도 사람이 많네…

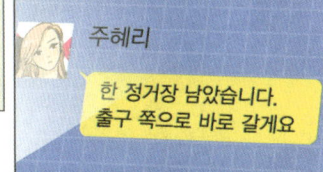

주헤리

한 정거장 남았습니다. 출구 쪽으로 바로 갈게요

사람이 너무 많아서 구분이 안 간다…

아

저, 안녕하세요.

171

괜찮아요?

아… 네.

괜찮아요.

출구로
올라가죠.

안되겠다

여기 사람이
너무 많네요.

네…

174

여기 티켓요.

앗 네. 감사합니다.

웹사이트에서 예매하니까

하루도 안 걸려서 오더라고요.

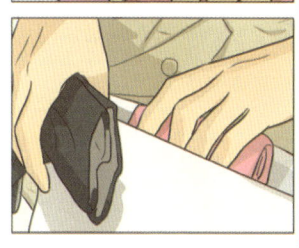

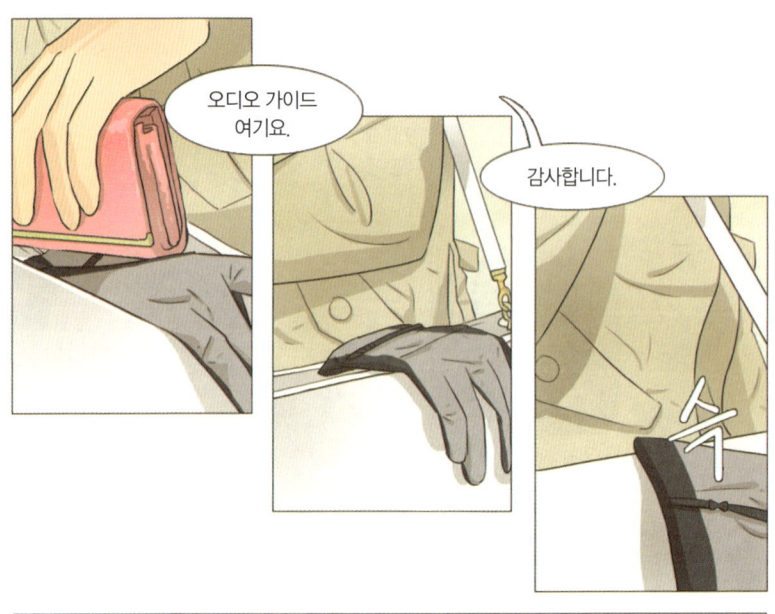

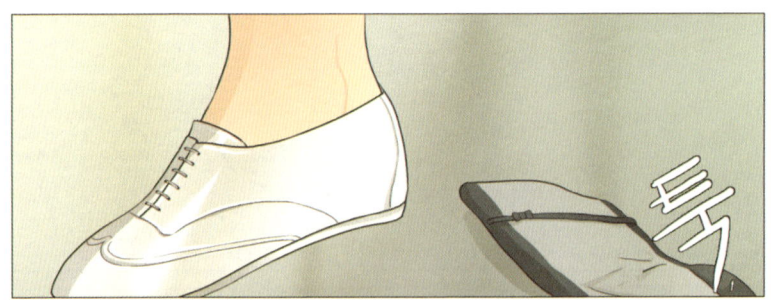

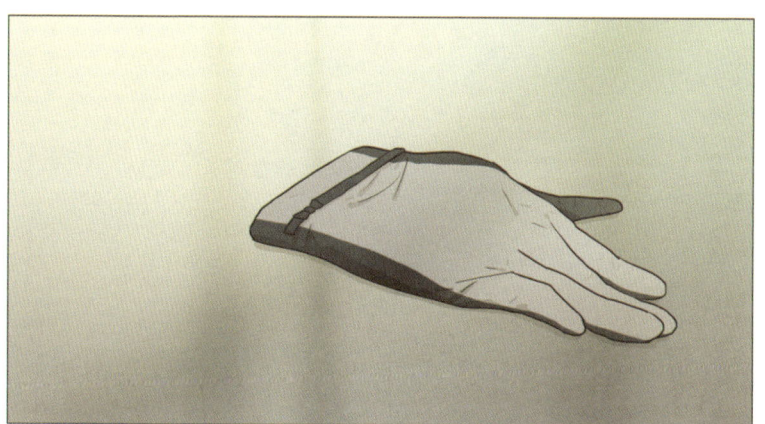

41

있다 없으니까

고마워요.

잘 마실게요.

전시 어땠어요?

음?

실물로 보니까

화면이나 책으로 볼 때랑
많이 다른 것 같아요.

훨씬…

훨씬?

어… 훨씬
어마어마하고…

예쁘고…

뭐라고 해야 할지
모르겠네요.

너무 일차원적인
감상이죠?

일차원적인 게
답일 수 있죠.

저도 실물이 더
대단하다고 생각했어요.

음..

중간 프로젝트는
기획과 작업물을
PPT로 만들어서
발표하는 거였죠.

이번에는
자유 형식이고…

수업 듣는 후배들이랑
동기들 찔러보니까

별 기획이
다 나오더라고요.

아예 대형 캔버스에
액션 페인팅을 한다는 조도 있고,

여러 개의 캔버스에
그려서 퍼즐처럼 합친다는
조도 있고…

조소 잘하는 친구가 있어서
그 친구 필두로
조형물을 만든다는
조도 있고.

아트북 형식으로
만들겠다는 조도 있고.

그 장식으로
스테인드 글라스를

힐끔

넣어보는 건…
어떨…까요.

……

음…

의견이에요, 의견!
무시하셔도 돼요!

아니에요.
진짜 좋은데요 그거.

좋은 의견이 나왔는데
지체할 필요가 없죠.

?

전 좋은데.

아… 음. 그래도

더 좋은 생각이
나실 수도 있고…

그럼 그때 가서
말할게요.

아 …
아 …

네…

왜 그래요?

아뇨,
잠깐 뭐 좀 찾느라…

타닷

?

어디서 흘린 거지…?

역에 거의 다 왔으니까…
선배 먼저 보내드리고

돌아가서
찾아봐야겠다…

찾을 수 있겠지?

왔던 길을
다시 돌아가보면…

안 가요?

그… 놓고 온 물건이 있어서요.

아, 선배님 저…

다시 가서… 찾아봐야 할 것 같아요.

먼저 들어가 보세요. 오늘 수고하셨습니다.

…???

♥
42

겹쳐지는 기억

......

아무래도 누가
주워서 갖고 있거나…

아직 어디에 떨어져
있는 것 같네요.

위쪽에도 올라가면서
찾아보죠.

네.

여자 화장실에도 가볼게요.

아까 손 씻을 때 떨어졌을 수도 있을 것 같아요.

그럼 저는 전시관 입구 쪽에 가볼게요.

없어…

기껏 같이
찾아주시는데…

못 찾으면…

하하.

저기 입구 쪽 직원이
주워놨더라고요.

장갑!

이거 맞죠?

네, 맞아요…
감사합니다…

꽈
악

꾸벅

감사합니다…

아니에요.

저분들이 주워놓은 걸
가져온 것뿐인데요 뭐.

축제날.
아침부터 몸이 좋지 않았었다.

생각 이상의 인파에
점점 지쳐가고 있던 그때

머리 위에서
목소리가 들렸다.

괜찮아요?

어디 아파요?

친절한 목소리에
고개를 들고 싶었지만

고개를 들면
속이 메슥거려

그럴 수 없었다.

잠깐 실례할게요.

…감사합니다.

?

꾸벅

감사합니다…

♥

43

가족과의 대화는
소중합니다

자료 조사하러 어디 갔다 온 거야?

예전.

오, 예전 좋지. 몇 명이서?

조원 여자애랑 둘이서.

여자애랑 둘이서?

응.

허…

데이트는 무슨.

얘가 과제 핑계 대고 데이트 하고 다니네.

응응응

예쁘냐?

또 시작이다…

아 예쁘냐고오~

음

끄덕

끄덕

예뻐.

예뻐?

응,
예쁘고 착해.

야.

너 그거 완전
콩깍지 씐 거 아냐?

왜?

예쁜네 칙하기끼지 한
여자가 어디 있어.

그런 여자는
존재하지 않아.

둘 중 하나만
가질 수 있다고.

스물다섯이나 먹어놓고
아직도 여자를 모르네~

너 그러다가
아~주 여우 같은

여자애한테 걸려서
혼쭐난다?

왜?

스물여섯인데 나.

…지금 그게 중요한 게
아니잖아…

사각

친절함으로 가득한
그 음료수를 마신 순간

거짓말처럼
속이 편해졌다.

타인의 호의에
찔리고 데었던 나에게

그건 정말
신기한 일이어서

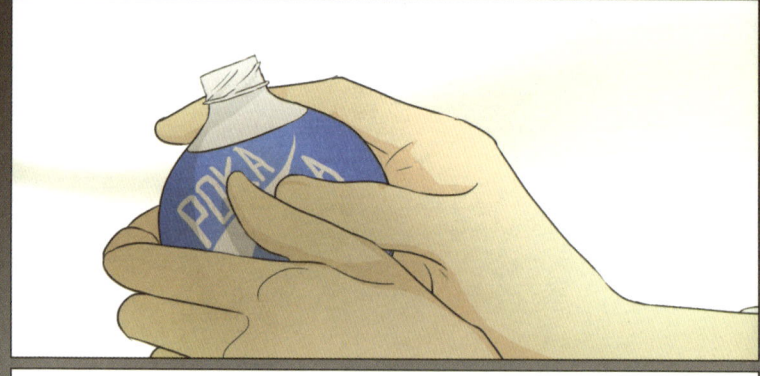

타인의 호의를 받는 게
기분 좋은 일이란 걸

오랜만에 느꼈었다.

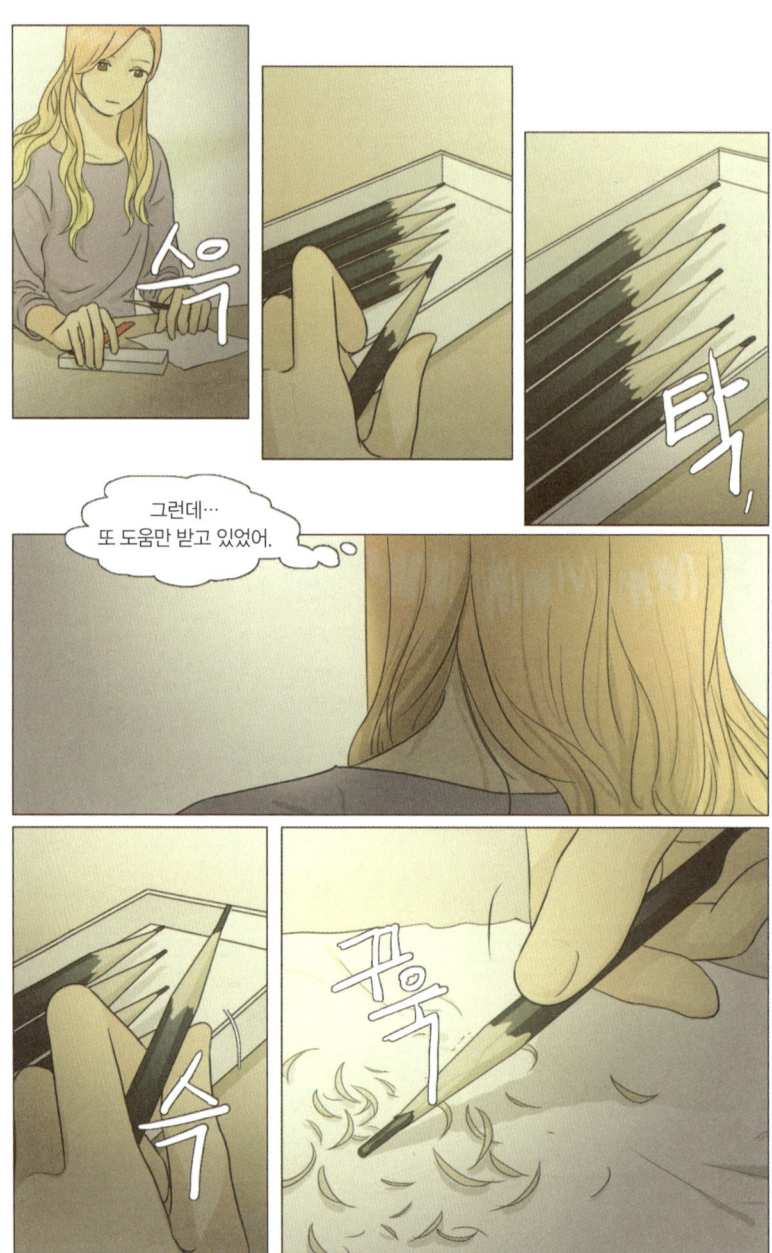

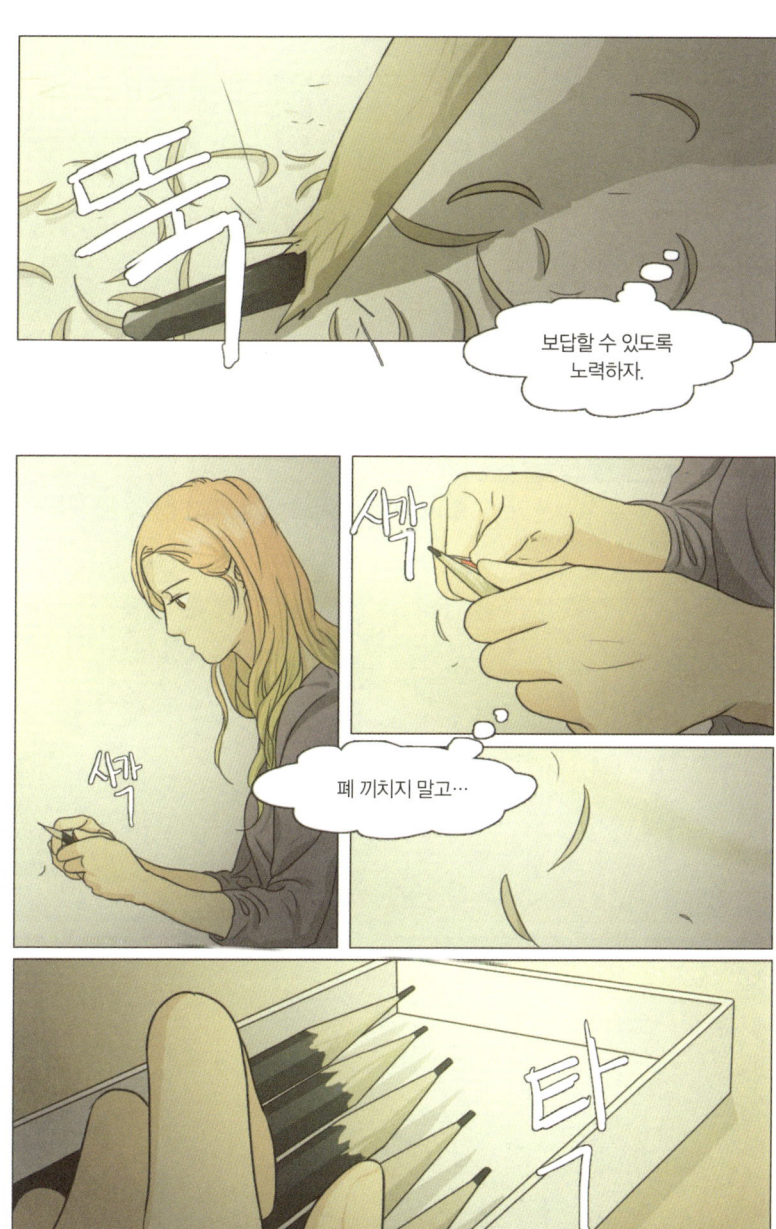

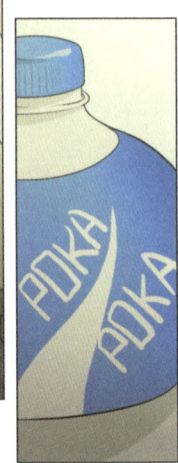

열심히…

기 우 뚱~

꿍

뭐 하는 거야?

음… 생각…?

그래…

걔는
무슨 생각으로
사는걸까..

아,

너 학교 일은
어떻게 됐어?

학교?
별일 없는데.

아니 그거 말고.

아,

아… 뭐
그것도 별일 없어.

잘 좀 해.
맹하게 굴지 말고.

어…

누나.

엉?

내가 생각해봤는데…

44

견제

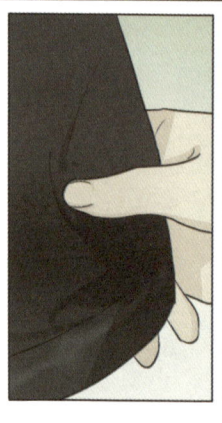

요령이 없지.

부탁도 거절도
잘 못하는 것 같고.

탁

그렇게 살면 꽤
피곤할 텐데 말이지…

아.

그렇게 고마우면
소원 들어줘요.

…?

저 조가 뭐…
엄청 잘한다거나… 하면

만지작

우리 완전
쪽팔리는 거 아냐?

쪽은 무슨…
잘하면 잘하는 거지, 뭐.

그래도… 좀…

그런 소리 마.
욕만 더 듣는다.

아까도 말했지만

우린 그냥 우리
할 거만 잘하면 돼.

⋯⋯

툭

짜증 나⋯

♥
45

함사사영

정교진 교수

철컥

안녕하세요.

뭐 보고 계셨던 거예요?

음… 사람들?

아.

그냥 오가는 사람들이요.

보고 있으면 꽤 재미있어요.

재미…?

막 이리저리
뛰어다니고,

다투고, 폰 보며 걷다가
넘어질 뻔하고.

무슨 생각 하며
가는 걸까…

뭐 하러 저쪽으로
가는 걸까…

왜 저렇게 바쁘게
뛰어갈까…

수업에 늦었나…

별 생각을
다 하죠.

하하

좀 이상한가?

아뇨.
안 이상해요.

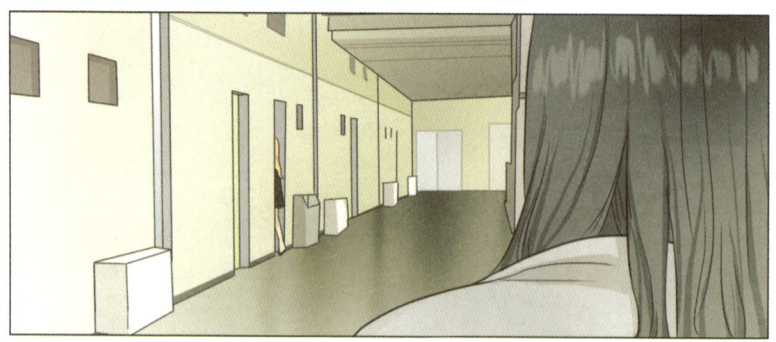

여기서
계속 작업하고
있었거든요.

지정석…!

4학년의
특권이랄까…

욕 먹는
포인트랄까…

하하하!!

아, 혹시 외장하드나 USB 있어요?

제 거 동기한테 잠깐 빌린 거라서 돌려줘야 하거든요.

네, 있어요.

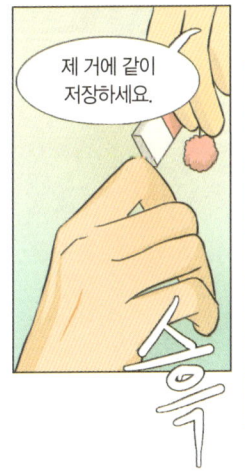

제 거에 같이 저장하세요.

스을

안돼요 안돼요

앗 네

다행이다.

그럼 같이 저장해서 쓰고 내일 제출하면 되겠네요.

달칵

달칵

엇.

네. 알겠습니다.
고칠게요.

무조건 고치라는 건
아니고요.

이따가
제 거랑 같이 보면서
느낌 맞춰가죠.

제 것도
같이 수정하고.

아뇨아뇨

아니에요.

제가 선배님께
맞출게요.

에이

무슨 소리예요.
그럼 조과제가 아니죠.

같이 해야죠.

네…

끄덕
끄덕

우리 조 내일
중간점검 1등 먹겠네요.

둘 다
잘했으니까

많이 완성해왔으니까…
한두 시간만 같이

마무리하고 추리면
될 것 같은데.

타블렛 가져왔죠?

아, 네.

저녁 먹고
와서 할까요?

아직 이르지만.

네, 아직
안 먹었어요.

그럼 먹고 와서 하죠.
가방 여기 둬요.

야, 힉식?

오케이!

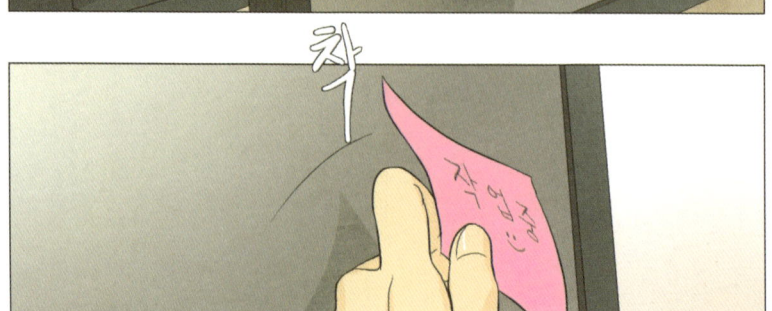

야작1

산 지
오래돼서 그런가
접착력이 영…

저 안 쓰는 포스트잇
있는데 드릴까요?

팟ㅡ

꾹

…어?

애요?

탁

또각

......

분명히
제대로 옮겼는데,

저장도 잘…
제대로 됐었는데.

알아요. 봤어요.
잘 옮겨졌었어요.

USB를 빼지도
않았었고.

......

어… 어쩌죠.
내일 아침 제출인데.

그…
선배님 것까지
…다…

어쩌죠.

제 USB가
이상했나봐요.

진정하고,
일단…

다른 USB에
옮겨놓을 걸
그랬나봐요.

괜히 제가…

응. 지금.

부탁할게.

이거 안 되겠는데?

제출이 내일 아침
9시 30분까지니까…

지금부터 한…

열다섯 시간은
남았으니까…

저기,

오늘 야작…

아.

내일 아침 이후로
수업 있어요?

밤 새우고 연강하면
힘들 텐데…

오후에 교양이
있긴 한데

괜찮아요.

제출하고
잠깐 눈 붙이면…

좋아…

그럼 오늘 야작 결정!

······

쟤 진짜 이게
USB 탓이라고
생각하는 걸까요?

걱정이다…

······

만약 사고가
아니라면…

짐작 가는 사람이
없는 건 아냐.

그래도 설마…
설마 그랬겠어.

증거도 없는데
사람을 의심하면
안 되지.

전에도 이런 일…
있었던 것 같은데.

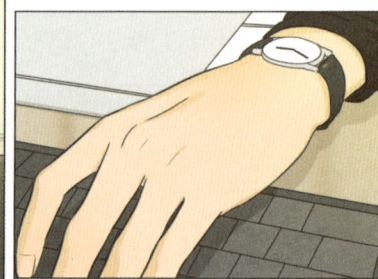

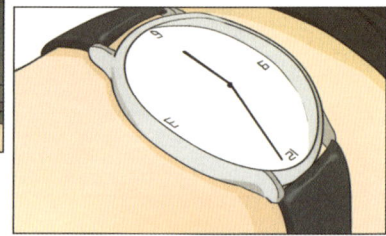

컬러 스크립트
정리 다 했어요.

그럼 이제 아트워크
해야겠다.

나 이 PPT 마무리하고
같이 시작해요.

수고했어요.

눈이 답답해…
슬슬 세수할까.

저 그럼
세수하고 올게요.

그래요.

철컥

옷도
갈아입어야겠다.

아무래도 지금 옷은
불편하니까…

296

탁
탁

나도 세수나
하러 갈까…

?

뭐 해요?

까
ㅁ짝

왜 그래요?

......

아, 화장
지웠구나.

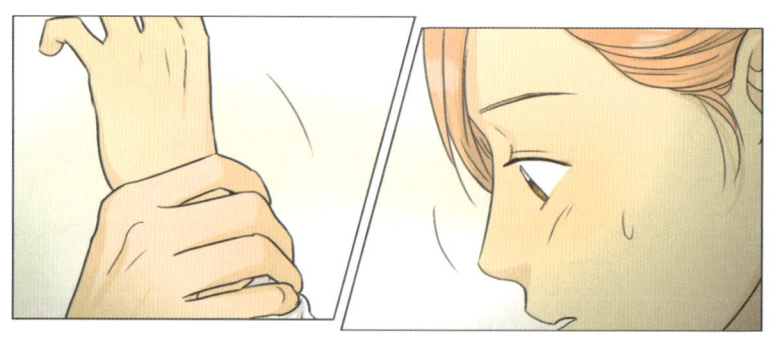

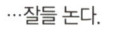
…잘들 논다.

아주 사람 부려먹는 데
도가 텄어.

땡큐.

자, 커피.

밖에서 마시고 올까.
밖에 추워?

아니,
쌀쌀한 정도.

엉.

과잠 입고 나갈까.

내 과잠 네 사물함에
같이 있지?

가져와야겠다.
잠깐만요.

탁ㅅ~

그거 하나는
허브티예요.

니?

쟤가 하나는
커피 아닌 거로
사오라고 하던데.

아…

골랐어요?
뭐 먹을 거예요?

아, 전 오렌지쥬스
시키려구요.

내가 커피 못 마시는 거
아시는구나…

타
다
스ㅡ

…이건 무슨 분위기야.

괴롭히지 마!

안 괴롭혔거든! 내가 너냐!

이거 입어요.

바람 쐬면서 마시고 오게.

감사합니다.

…?

왜 두 개냐?

응…?

하.

?

아니, 별일이 다 있다
싶어서요.

그러게요… 음.

야작이야 뭐
하루 이틀이 아니지만.

만지작

?

전 사실 이렇게
야작 하는 거 처음이에요.

혼자 밤 새우거나
한 적은 많았는데…

왠지 조원들고
항상… 사이가
좋지 않아서.

같이 이렇게…
학교에서 밤 새우면서

작업해본 건…
처음이네요.

…왜 사이가
안 좋았어요?

저한테 문제가
있었을 거예요.

낯도 많이 가리고…
말투도 딱딱하고…

살갑지가 못해서…

율미 말로는…

다가가기 어려운
인상…이라던데.

……

그렇다면…

제 쪽에서 먼저 사람들에게
다가갔어야 하는 거겠죠.

근데 그게 참 어려워서…

…아까 낮에

?

네.

사람들 보는 게
재미있다고 했잖아요.

지나가는 사람들
모습을 보면서

이런저런 생각을
좀… 해요.

무슨 얘기를 할까…

저 사람들은 커플이니… 아마
좋은 얘기를 하고 있겠지… 싶고…

저 사람은 왜 뛰어갈까,
막차 시간을 놓쳤나.

저러다
곧 넘어지겠네.

탁
탁
탁

파
스
스

한번은 동기가
엄청 화난 얼굴로
걸어가고 있길래

흠!!

무슨 일 있냐고
물어보니까

?

그러다 보면

제 생각이
틀릴 때도 많죠.

틀릴 때?

응? 나 갠 좋은데??

히히히!!!

... 그래

아무 일 없다고,
오히려 기분이 좋다고 하더라고요.

너무 기분이 좋아서
주체할 수가 없었다나.

아까 그 남자는…

저 커플은 사이가
좋아 보여도

사실 지금

조용히 싸우고 있는
상태일 수도 있고.

불현듯
사랑을 깨닫고

고백하러
뛰어가는 걸지도?

설마요.

그럴죠
하하핳

크흠

여튼 이 장황한
수다의 결론은…

보이는 게 전부가
아니라는 걸

잘 알고 있는 사람도
있다는 거예요.

보이는 게
전부는 아니다…

그렇죠.

이제 제법
웃기도 하네.

밤에도 참
밝네요.

그렇죠. 다들 죽어라
작업하는 불빛이라…

영혼이 갈리고
있는 불빛.

아하하

그 USB요.

? 네…

혹시 고의로 우리 파일을
날린 사람이 있고

그 범인을
밝힐 방법이 있다면

툭

잡아내고 싶어요?

......

49

움직이는 아침

......

혹시…
그런 사람이 있다면

물론… 잡고 싶죠.

그 안에
과제 말고두

다른… 지금까지 한
작업물도 많았고…

그런 게 다 없어졌으니…
화가 나죠…

저도 착한 사람은
못 돼서…

제가 너무 생각 없이
말했네요.

선배님 것도
날아갔는데…

죄송해요.

아,

……

선배님도
화…나셨죠?

그림이야 뭐,
다시 그리면 되니까

재미있으면 된 거죠.

이제 들어가서
작업해야죠.

네.

타닷-

예상했던 대답이다.

먼저
들어가요

적어도, 내가 지금까지 본
주혜리라면…

분명 그렇게
대답할 거라고 생각했어.

나랑 있어서
재미있다는 말은

어찌 보면
나도…

예상 못했지만…

화가 나야 하는
상황인데…

왜 자꾸 웃음이 나오지.

불현듯 궁금해졌다.

왜 이 사람은 이렇게
모든 일에 자신감이 없고

왜 항상 자기 탓을 하며

오전 4:55

왜 그렇게 모든 일에
겁을 먹는지.

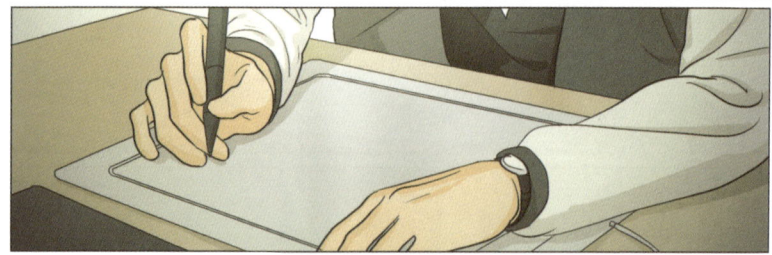

그리고 왜…

…다했다.

으어어 다했다 !!!

진짜 다했다!!

으어어
다했다 끝났다
ㅜㅜ

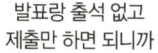

발표랑 출석 없고
제출만 하면 되니까

9시 수업 시작까지
기다릴 필요 없을 것
같아요.

컨셉 강의실 가서
제출 폴더에 넣어놓고
올게요.

아… 같이…

이따 낮에
교양수업 있다면서요.

드로잉실에
난방 들어와 있어서
따뜻할 거예요.

거기 가서
좀 자요.

네 그럼…
부탁드릴게요.

드로잉-A

아슬아슬했네.

그리고 왜…

왜 나는 그걸
궁금해하는 것인지.

혜리랑 선배는
어디 있지?

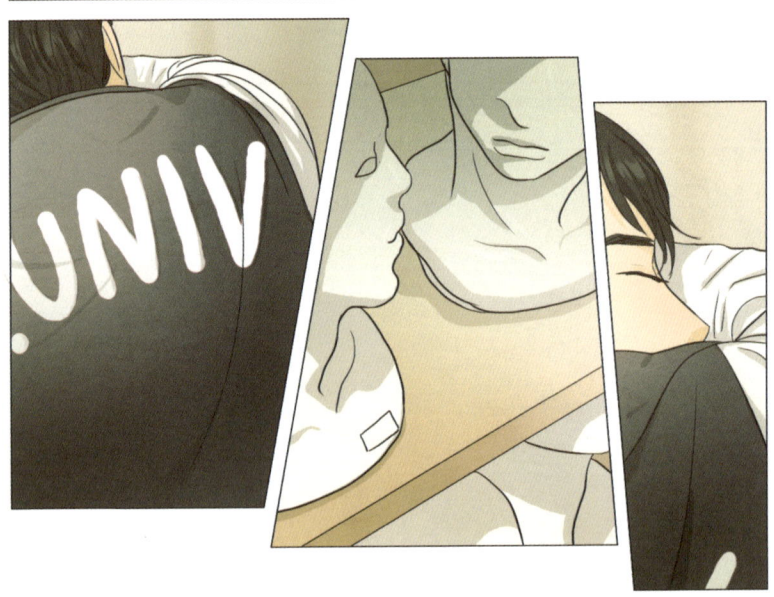

♥

50

좋아한다는
거겠지

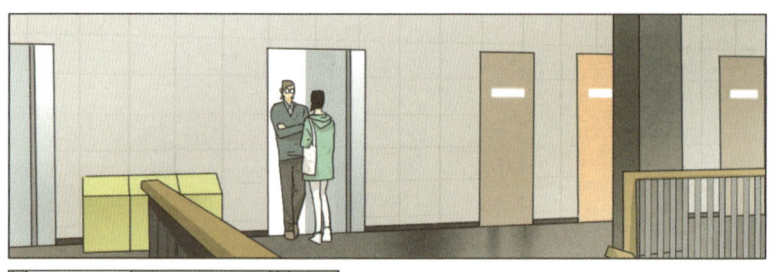

그럼 공지
부탁한다.

넵!

? 어.

들어가세요.
교수님 안에 계세요.

아냐, 그냥
주워놓은 건데 뭐…

아니, 아니.

너 폰 강의실에
놓고 가서…

앗!

큰일 날 뻔했네.
감사합니다.

어… 응.

?

어… 교수님이 뭐라셔?

음… 제출 확인하시고…
카페에 공지 올려놓으라세요.

고생이 많네.
수업 도우미라서.

그렇죠 뭐.

이제 수업 들어가?

네, 2시부터 교양 있어요.

야작 한 친구가 잠깐 집에 다녀온대서…

친구… 주혜리?

만나서 같이 가야죠.

네.

아~ 요즘 분위기 좋아 보이더라,

화운 형이랑.

네?

응? 아… 아까 애들이… 그 둘 분위기 좋다,

썸 타는 거 아니냐, 이런 얘길 하더라고.

애들이… 그런 소릴 해요?

348

응.

야… 그건 진짜 미친놈이었지.

폴더, 작업파일 다 지우고

욕 써놓은 파일만 덜렁 남겨놨었잖아.

무슨 그런 사이코 새끼가 다 있나 했다.

맞아. 웹 드라이브에 있던 거라 어떻게 복구도 안 되고.

형이 범인 찾겠다고 자기랑 트러블 있던 사람들 다 족치고 다녔는데

잊을 수가 없지.

그때 범인 찾았었나?

아니 못 찾았지.

형 그때 수업 다 망쳐서

재수강 하겠다고 바로 휴학하고.

…범인은 멀쩡하게 졸업했을 거 아냐.

무섭다 진짜.

맞아. 그게 교수님들 귀에까지 들어가서

…아. 왜 이렇게 잘 아나 했더니

너 그때 과사 근로학생이었지?

강의실 보안 높이라고 위에 서류 올라가고… 난리 났었지.

응. 그래서 아직도 다 기억나네.

353

그때 결국 각 강의실마다
설치했었잖아.

뭘?

CCTV.

아… 그랬었나.

떼굴

맞아. 그때 우리 강의실마다
CCTV 설치했지?

야, 그럼 그거
확인해달라고 하면

너네도 범인
잡을 수 있지 않아?

찍혔을 거 아냐.

바들

응.
잡을 수 있겠지.

근데 안 잡을 거야.

왜?

싫대. 범인 잡는 거.

잡아서 뭘 어쩌겠냐고.
자긴 괜찮다고.

주혜리가?

무슨 생각을 하는지 궁금하고,
이해하고 싶고

아

얼굴을 보면

자꾸 웃음이 나는

이런 마음에
이름을 붙인다면…

외전

우리 사이

*34화에서 이어집니다.

청춘로맨스

4권에서 만나요~ ♥

청춘로맨스
3. 좋아한다는 거겠지

초판 1쇄 인쇄 2015년 4월 30일
초판 1쇄 발행 2015년 5월 10일

글 미울 **그림** BV
펴낸이 연준혁

출판 7분사 분사장 김은주
편집 최유연 **디자인** 김준영
제작 이재승

펴낸곳 (주)위즈덤하우스 **출판등록** 2000년 5월 23일 제13-1071호
주소 경기도 고양시 일산동구 정발산로 43-20 센트럴프라자 6층
전화 031)936-4000 **팩스** 031)903-3891
홈페이지 www.wisdomhouse.co.kr
종이 월드페이퍼 **인쇄 · 제본** (주)현문 **후가공** 이지앤비

ISBN 978-89-5913-910-1 17810
ISBN 978-89-5913-821-0 (SET)
값 11,000원